Vente du Vendredi 18 Décembre 1903

HOTEL DROUOT — SALLE N° 8

ESTAMPES
MODERNES

DESSINS

M° MAURICE DELESTRE   M. LOYS DELTEIL

EXEMPLAIRE D'ALFRED STROLIN

CATALOGUE

d'une

INTÉRESSANTE COLLECTION

D'ESTAMPES

MODERNES

(Eaux-Fortes, Lithographies, Pointes sèches)

Dont la vente aura lieu

à Paris, **HOTEL DROUOT**, Salle Nᵒ 8

Le Vendredi 18 Décembre 1903

à 2 heures précises

Par le Ministère de Mᵉ MAURICE DELESTRE

COMMISSAIRE-PRISEUR

5, rue Saint-Georges

Assisté de M. LOYS DELTEIL, Artiste-Graveur Expert

22, rue des Bons-Enfants

CONDITIONS DE LA VENTE

Elle sera faite au comptant.

Les acquéreurs paieront *dix pour cent* en sus des prix d'adjudication.

M. Loys Delteil remplira les commissions que voudront bien lui confier les amateurs ne pouvant y assister ; il se réserve, en outre, la faculté de diviser ou rassembler les lots.

MM. les amateurs pourront visiter la collection, 22, *rue des Bons-Enfants*, les *Mardi 15*, *Mercredi 16* et *Jeudi 17 Décembre 1903*, de 10 heures à 4 heures.

DÉSIGNATION

APPIAN (Adolphe)

1. Route sous bois. Monotype.

2. Les Vaches à l'abreuvoir. Monotype. *signé.*

3. Paysage. Monotype, *signé.*

4. L'Étang. Superbe épreuve. imp. à la manière des mono-types. *signée.*

5. Barques faisant escale dans les rochers de Collioure. Superbe épreuve. *Signée.*

6. Une plage. Superbe épreuve. avec la mention : *Épreuve unique !*

7. A Venise. 1878. Deux épreuves. une tirée à la façon des monotypes.

8. Paysages d'Italie. 1878. Deux pièces in-fol. sur Japon. *signées.*

9. L'Étang au canard. épreuve *unique.* imp. à la *manière des monotypes, signée.* Les Barques à voiles. Deux pièces in-fol. Très belles épreuves

10. A Villefranche-sur-Mer, 1879 - - Une Grève, 1882 - Les Barques. Très belles épreuves. deux *signées.*

11. Environs de Lyon - Paysages. Quatre pièces. Épreuves d'artiste, *signées.*

12. Paysages. Quatre pièces. Très belles épreuves.

13. Paysages. Six pièces. trois imp. en *manière de monotype.*

14. Les Martigues - L'Étang - Flotille de barques marchandes, etc. Sept pièces. Belles épreuves. trois *signées.*

15. Paysages. Vingt-sept pièces. plusieurs *avant la lettre.*

16. Paysages, fac-simile de fusains. Dix-neuf pièces.

BARBOTIN (William)

17. L'Astronome, d'après Roybet (Portraits de J.- P. Laurens, Roybet, Waltner, etc.). Superbe épreuve d'état, avec *remarque*, sur *parchemin*.

18. Auguste Comte — Les Paludiers — L'Amour et l'Inno-cence, d'après Prud'hon, etc. Cinq pièces. Épreuves d'artiste, *signées*.

BAUDRY (Paul)

19. Rochebrune (O. de). 1871. Très belle épreuve. Rare.

BÉJOT (Eugène)

20. La Seine au quai des Célestins. 1896. Très belle épreuve. *Signée*.

BERNARD (Valère)

21. Guerre ! Suite complète de quatorze pièces dans le cart. de publication. *Signées*. — Album de 6 Eaux-fortes et 2 vignettes, couv. de publication. épr. *signées*.

22. Sujets emblématiques — Portraits. Vingt-et-une pièces. Très belles épreuves, *signées*.

BESNARD (A.)

23. La plus Haute expression d'un sentiment vague — Le coucher de la Poupée. Deux eaux-fortes. Belles épreuves.

BEURDELEY (Jacques)

24. Maisons et fumées — Le pont de Londres. Deux eaux-fortes en couleurs, *signées*.

BLANC (Paul)

25. Types de Mendiants et de Miséreux. Trente-trois pièces. Très belles épreuves, *signées*.

BONNAT (Léon)

26. Cogniet (Léon). Très belle épreuve d'artiste, sur japon, *signée*.

BOUTET (Henri)

27. La Modiste — Sur le Pont des Arts — Le Bain — Menus — Programmes — Adresses, etc. Vingt-huit pièces, la plupart *signées*. *Ce n° pourra être divisé*.

N° 40 du Catalogue

BOUVENNE (Aglaüs)

28. — Paysages. Cinq eaux-fortes originales ou d'après Victor Hugo.

BUHOT (Félix)

29. — La place Pigalle en 1878 (G. Bourcard 129). Très belle épreuve.

30. — Un Débarquement en Angleterre (130). Très belle épreuve.

31. — Les Voisins de Campagne (148). Très belle épreuve *timbrée*.

32. — Westminster Palace (155). Très belle épreuve avec les mots : *in progress for. Timbrée.*

33. — La Dame aux Cygnes (144) — L'Orage, d'après Constable (145). Deux pièces. Très belles épreuves.

34. — Matinée d'automne — Un Grain — Sous bois — Frontispice des Graveurs du xixe siècle, etc. Six pièces. Belles épreuves.

35. — Les Anes dans le pré — La Vieille et l'âne, etc. Neuf pièces. Belles épreuves.

BRACQUEMOND (Félix)

36. — Bosch (Jacques), guitariste (H. B. 18). Superbe épreuve. signée.

37. — Echérac (A. d') (37). Superbe épreuve. *signée.*

38. — Ébats de Canards (221). Superbe épreuve. *signée.*

39. — Le Vieux Coq (H. B. 222). Superbe épreuve du 1er état, *avant le champ de seigle*, etc., sur japon, *signée.*

40. — Le Coq de France. Superbe épreuve, *signée*, tirée sur papier ancien.

41. — Une allée dans le Parc de St-Cloud. 1894. In-fol. Superbe épreuve. *signée.*

42. — Coucher de soleil, d'après Corot (H. B. 251). Belle épreuve, tirée en bistre. Rare.

43. — Les Taupes — Le Corbeau — Margot, etc. Quinze pièces.

BRESDIN (Rodolphe)

44. Repos en Egypte — La Comédie de la Mort — Paysages. Quatre pièces. Belles épreuves.

BROWN (J. L.), LEGROS, etc.

45. Un Cavalier. très rare — Le Manège — La Sortie de cave. etc. Douze pièces par J. L. Brown. Legros. Eug. Lavieille. Bonvin. Forain. plusieurs rares.

BRUNET-DEBAINES

46. Vieux Moulin sur le Doubs. In-fol. Épreuve d'artiste. sur *parchemin, signée*.

CARRIÈRE (Eugène)

47. Jean Dolent. écrivain d'art. Très belle épreuve. *signée* et *numérotée*.

CHAUVEL (Théophile)

48. Paysages. Douze pièces originales ou d'après Corot. Belles épreuves.

CICÉRI (Eugène)

49. Le Chasseur. In-fol. Superbe épreuve d'artiste. sur chine.

COINDRE (Gaston)

50. Vues et Paysages. Dix-sept eaux-fortes. la plupart en *épreuves d'artiste*.

COPPIER (Charles)

51. Place St-Marc à Venise. Eau-forte avec marges symphoniques. Très belle épreuve. tirée en 2 tons. *signée*.

COROT (J.-B. C.)

52. Paysage d'Italie (A. R. 7.) Belle épreuve. *avant la lettre*.

53. — Souvenir de Toscane (1) — Paysage d'Italie (7) — Souvenir des Fortifications de Douai (12). Quatre pièces. Belles épreuves.

54. — Paysages. Trois clichés verre et autographie. Belles épreuves.

COUTIL (Léon)

55. Sujets divers. Douze pièces, *épreuves d'artiste.*

COURTRY (Charles)

56. Portraits — Sujets divers — Les Maîtres titulaires de l'Académie d'armes, etc. Dix-sept pièces.

DAUBIGNY (C. F.)

57. L'Arbre aux Corbeaux (F. H. 110) — Les Bergers (112). Deux pièces. Belles épreuves.

58. Paysages. Dix pièces. Belles épreuves.

59. Paysages. Vingt-deux pièces. Belles épreuves.

DAUTREY (Lucien)

60. La Fin du Travail, d'après J.-F. Millet — La Vanneuse. d'ap. J. Breton. Deux pièces gr. in-fol. Très belles épreuves d'artiste. sur japon. *signées.*

DELACROIX (Eugène)

61. Tigre couché dans le désert — Arabes d'Oran — Homme d'arme. Cinq pièces.

DELATRE (Eugène)

62. Delatre (Auguste), imprimeur. Très belle épreuve. *imp. en couleurs,* sur japon, *signée.*

63. Portraits de Fillettes — Au Théâtre — Le Vieux. Six pièces. Très belles épreuves. *imp. en couleurs. signées.*

DESBOUTIN

64. Henner (J. J.) Belle épreuve avec dédicace d'Henner à Valadon.

DIDIER (A.)

65. Gounod, d'après Elie Delaunay. Superbe épreuve *avant la lettre.* sur japon. *signée.*

DIVERS

66. Frontispices pour les *Graveurs du XIXᵉ Siècle,* par H. Béraldi. Vingt-quatre pièces par Fantin. Chéret. Gaujean. etc.

67.   Sujets divers — Portraits. etc. Quinze pièces.

68.   Sujets divers — Paysages. Quarante pièces.

EAUX-FORTES

69.   Sujets divers — Vues — Paysages. Trente deux pièces par Gravier. Lopisgich. Reynaud, Rapine. Martial. etc.. la plupart *en épreuves d'artiste.*

ELIOT (Maurice)

70.   La Romance du Printemps. Très belle épreuve *imp. en couleurs.*

FLAMENG (Léopold)

71.   L'Adoration des Bergers. d'après Van der Goes. Superbe épreuve d'artiste. *avant la remarque. signée.*

72.   Sujets divers. Seize pièces.

FONCE (Camille)

73.   — Paysage. d'après Leader. In-fol. Très belle épreuve *avant la lettre.* sur japon. *signée.*

FORAIN (J. L.)

74.   — Doux Pays. Quarante pièces. Tirages à part.

GAUJEAN (Eugène)

75.   Souvenirs, d'après Ch. Chaplin. Très belle épreuve. *imp. en couleurs.*

GAUTIER (Lucien)

76.   Le Pont-Neuf. 1896. Grand in-fol. Très belle épreuve *avant la lettre. signée.*

GOENEUTTE et SOMM

77.   — Calendrier — Menus — Cartes — Sujets divers. Vingt-trois pièces.

GRAVESANDE (Ch. Storm Van)

78.   — Un Pont à Dordrecht. Eau-forte. in-fol. Très belle épreuve. *signée.*

79.   Rotterdam (Effet de nuit). Lith. in-fol. Très belle épreuve. *signée*.

80.   Hambourg (Le Port). Lith. in-fol. Très belle épreuve.

81.   Hambourg (La Rade). Lith. in-fol. en larg. Très belle épreuve. *signée*.

82.   Dordrecht. Deux lith. différentes. Très belle épreuve. *signée*.

83.   Intérieur d'Eglise. le soir. Eau-forte. Très belle épreuve sur Japon. *signée*.

84.   Sur le Rhin. Lith. Très belle épreuve. *signée*.

85.   Hambourg. Trois lith. différentes, une tirée sur papier rouge.

86.   Venise — Rothenburg. Trois pièces. Belles épreuves.

86 bis. — La Jetée. In-fol., *signée*.

87. —   Hambourg. Deux lith. in-fol. Très belles épreuves. *signées*.

88.   Bateaux sur la Meuse. Lith. in-fol. Très belle épreuve. *signée*.

89.   Dordrecht — L'Escaut. près de Flessingue. Deux lith. in-fol. Très belles épreuves. *signées*.

90.   Les dunes. près Katwyk. Lith. in-fol. Très belle épreuve. *signée*.

91.   Paysage d'Hiver. In-fol., *signée*.

92.   L'Atelier de l'artiste. Deux lith. différentes, *signées*.

GUÉRARD (Henry)

93.   Portraits — Sujets divers — Paysages — Marines. Vingt-neuf pièces. la plupart en épreuve d'artiste.

HADEN (Seymour)

94. —   Thames Ditton. avec un bateau (R. D. 64). Belle épreuve *avant le titre*.

95.   Vue de la Tamise. Belle épreuve.

HELLEU

96. —   Portrait de jeune Femme. In-fol. Très belle épreuve. *signée*.

N° 110 du Catalogue

97. Devant les Watteau du Louvre. Très belle épreuve. *imp. en deux tons. signée.*

HERVIER (Adolphe)

98. Scènes rustiques et Paysages. Treize pièces.

JACQUE (Charles)

99. La Truffière (G. 85). Très belle épreuve.

100. Moulins. Montmartre (98). Très belle épreuve.

101. Paysage. d'après van der Neer (166). Très belle épreuve d'essai. signée.

102. Paysage (236). Tiré à 20 épreuves.

103. Chaumières (237) — Le Cavalier (248). Deux pièces.

104. Orage (249). Très belle épreuve. Très rare.

105.   Auberge (258) Très belle épreuve. Rare.

106.   Paysage. chevaux (261). Tiré à 25 épr.

107.   Fuite en Egypte (264). Très belle épreuve. Rare.

108.   Ecurie (265). Superbe épreuve. Rare.

109.   Vaches à l'abreuvoir (268). Tiré à 25 épr.

110.   L'Abreuvoir aux moutons (59 du Suppl.) Belle épreuve. *signée*. On y a joint une épreuve coupée et *retouchée à la plume par l'artiste*.

111.   Vaches à l'abreuvoir (61). Très belle épreuve du 3ᵉ état, sur 8.

112.   Troupeau de vaches à l'abreuvoir (62). Deux très belles épreuves, 2ᵉ et 3ᵉ états.

113.   Troupeau de porcs (64). Deux épreuves. une très rare du 2ᵉ état. *retouchée par l'artiste*.

114.   — La Vachère (66). Deux très belles épreuves d'état différent.

115.   La Gardeuse de dindons (211). Deux épreuves. une du 1ᵉʳ état. très rare.

116.   Jeune Femme au bain (215). Très belle épreuve *avant la lettre, signée*.

117.   L'Orage (226). Belle épreuve.

118.   Les Petites Maisons Kercassier (233). Très belle épreuve sur japon.

119.   Le Buisson Kercassier (234). Deux très belles épreuves. 1ᵉʳ et 2ᵉ état.

120.   Les deux Chaumières Kercassier (235). Deux épreuves.

121.   La petite Forêt (236). Très belle épreuve du 1ᵉʳ état. sur japon.

122.   Troupeau à la lisière d'un bois (238). 1ᵉʳ état. *eau-forte pure*. très rare.

123.   La même estampe. 4ᵉ état. Très belle. *Signée*.

124.   La même estampe. 5ᵉ état. sur japon.

125.   La Sortie des Moutons (237) — Dans le Bois (239) Ousse (240) — Tête de coq (244). épreuve d'essai. Quatre pièces. Belles épreuves.

126.   Une Perchette et Tête de Fillette (241) - Chaumières
       (242). Deux pièces.

127.   Paysage (242). 1ᵉʳ état. Très rare.

128.   Clair de lune (243). Épreuve retouchée à la gouache par
       l'artiste.

129.   Lisière de forêt. effet de soir. In-fol. (245). Superbe
       épreuve d'artiste, *signée*.

130.   La Léda au Homard. Très belle épreuve. *signée*.

131.   Intérieur de Bergerie. 1884. (246). Grand in-fol. Superbe
       épreuve d'artiste. *signée*.

132.   Vaches à l'abreuvoir. effet de nuit. Deux très belles
       épreuves sur japon. une *signée*.

133.   Grande pastorale (446). In-fol. Superbe épreuve d'ar-
       tiste. sur japon. *signée*.

134.   - Intérieur de bergerie (447). Petit in-fol. Superbe épreuve
       d'état.

135.   - Portrait de Luquet. Deux très belles épreuves. dont une
       à l'état *d'eau-forte*. *signée*. très rare.

136.   Abreuvoir aux moutons. 1888. (470). Grand in-fol.
       Superbe épreuve avec *remarque*. sur parchemin.
       signée.

137.   - Grand Paysage d'hiver. 1890. Très belle épreuve. sur
       japon. *signée*.

138.   Tête d'homme. coiffé d'une casquette (Portrait de
       Ch. Jacque). Très belle épreuve d'état. sur japon.

139.   Le Pêcheur (471) — Crépuscule poétique (472) -
       Chasse au Cerf (473) - Vaches conduites à l'abreu-
       voir (474). Quatre lithographies. Belles épreuves.

140.   - La Souricière (G. 162) - Paysages. Quatorze pièces.
       Belles épreuves.

141.   Portrait de Guiffrey - Hôtellerie — Troupeau de mou-
       tons - Le Hameau - La Petite Ville - Croquis. etc.
       Douze pièces. Belles épreuves.

142.   - Paysages rustiques. Douze pièces.

143.   Le Repos — Une amitié - Un Verger — Les petites
       Vachères — L'Arrivée au champ - Le Printemps. etc.
       Quinze pièces. Très belles épreuves.

144. — Une Ferme — L'Été — Pastorale — L'Équipage — L'Abreuvoir — La Maréchallerie. etc. Vingt-deux pièces. Très belles épreuves.

145. - Paysages et animaux. Vingt-sept pièces. Belles épreuves.

146. Paysages et animaux. Trente-et-une pièces. Belles épreuves.

147. Paysages et animaux. Vingt-huit pièces. par et d'après Ch. Jacque.

148. — Paysages et animaux. Trente-trois pièces. Belles épreuves.

149. Paysage et animaux. Trente-sept pièces. par et d'aprè Ch. Jacque.

150. - Sujets divers et Paysages. Soixante-dix pièces.

151. — Sujets divers et Paysages. Cent cinquante pièces. par et d'après Jacque.

152. Les Mois. gravés par A. Lavieille. sur chine volant.

JACQUEMART (Jules)

153. — Sujets divers — Objets d'art. Douze pièces.

JONGKIND (J.-B)

154. — Canal de Hollande — Soleil couchant. port d'Anvers — Démolition de la rue des Francs-Bourgeois St-Marcel — Cahier de six Eaux-Fortes. titre. Quatre pièces.

KLINGER (Max)

155. - *Dramen*. Neuf pl.. in-fol. par Felsing. avec texte. en 1 vol. in-fol.. cart. d'édition.

LANÇON (Auguste)

156. Les Trappistes. 1883. Dix eaux-fortes. en 1 alb. cart. de publication.

LEFORT (Henri)

157. - Edgard Poë. 1894. Superbe épreuve. *signée.*

158. — Washington, portrait grandeur nature. 1881 (H. B. 3). Très belle et très rare épreuve du 1ᵉʳ état. *signée.*

159. — Le même portrait. Superbe épreuve *d'artiste, signée.*

LEGRAND (Louis)

160. — Le Baiser maternel. Superbe épreuve d'artiste, *signée*.

LEGROS (Alphonse)

161. — Les Vagabonds de Montrouge (Th. et P. M. 71). Très
belle épreuve.

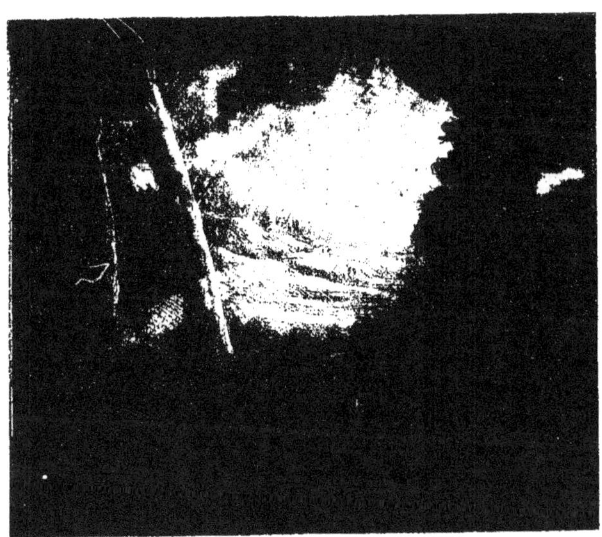

N° 162 du Catalogue

162. Les Grands arbres, effet de soir. Superbe épreuve d'état.
signée, très rare.

163. Masque de satyre. In-fol. Très belle épreuve. *signée*.

LETERRIER (Paul)

164. — La Peste, d'après Elie Delaunay — Fuite de Loth, d'après
Rubens. Deux pièces, gr. in-fol., épreuves d'artiste,
sur japon. *signées*.

LITHOGRAPHIES

165. Tentation de St-Antoine. par Maurou. d'après Bourgon-
      nier *Ça c'est épatant, je te croyais juif!*. par Grun
      Sujets divers. Onze pièces.

MANET (Edouard)

166. Couverture (H. B. 1)— Le Guitarrero (2) — Le Torrero
      mort (5) Le Gamin au cabas (7) — La petite Fille
      tenant un bébé (8) — L'Infante Marguerite (11). Six
      pièces sur japon. sous couverture illustrée.

167. La Toilette (9). Belle épreuve sur japon.

168. L'Enfant à l'Épée (Léon Leenhoff) (27). Très belle
      épreuve.

MERYON (Ch.)

169. La Pompe Notre-Dame (45). Belle épreuve.

170   Le Petit Pont (38). Belle épreuve.

171. La Tour de l'Horloge (42). Belle épreuve.

172. Casimir Lecomte (88). Très belle épreuve. sur japon.

MICHELIN (Jules)

173   Paysages. Neuf eaux-fortes. Très belles épreuves.

MILLET (J. F.)

174   La Couseuse (A. L. 10). Très belle épreuve. tirée sur
      papier ancien.

MILLET (Jean-Baptiste)

175   Le Village au bord de la Mer. Eau-forte. Très belle
      épreuve.

MILLET et COROT (d'après)

176   Paysages Scènes rustiques. Treize pièces par Boulard.
      Lopisgich. Dautrey. etc.. la plupart en *épreuve d'artiste*.
      signées.

MONZIES (Louis)

177. L'Écrivain. d'après Meissonier — La Nuit — Far-Niente,
      etc. Quatre pièces. épreuves d'artiste. *signés*.

NICOLLE (E.)

178. — Vieux Rouen. Seize pièces. la plupart *signées*.

PARIS (Estampes relatives à)

179. — Ministère de la Marine. par Ch. Méryon — Les Cagnards de l'Hôtel-Dieu. par Brunet-Debaines — Percement de la rue Soufflot. e c. Sept pièces. Belles épreuves.

PATRICOT (Jean)

180. — Histoire d'Esther. d'après Lippi. Deux pièces in-fol. Superbes épreuves d'artiste, sur parchemin. *signées*.

PÉQUÉGNOT (Auguste)

181. — 12 Eaux-Fortes. par Péquégnot (Coins de Paris et environs) — Vues de Paris. Rouen. etc. Vingt-et-une pièces.

POSELER (P.)

182. — La Grand'Mère. Très belle épreuve. *signée*.

RIBOT (Th.)

183. — Picarde — Les Empiriques. fragment — Le Village en feu. Quatre eaux-fortes. une *avant la lettre*. Très belles épreuves.

184. — Émile Cardon — Scènes de Cuisiniers, etc. Neuf pièces.

185. — Portraits — Sujets divers. Trente pièces par Desboutin. Desmoulins. Faivre. plusieurs en *épreuves d'essai*.

ROCHEBRUNE (Octave de)

186. — Portrait de Rochebrune. par lui-même et par Alasonière — Vues de France. Vingt pièces. Très belles épreuves.

RŒDEL (Auguste)

187. — Souvenirs d'Espagne — Têtes de Femmes. Trois lith. in-fol. Très belles épreuves. *signées*.

ROPS (Félicien)

188. — Mon Grand-oncle (E. R. 122). Très belle épreuve du 1ᵉʳ état.

189. Frontispices pour *Les Amusements des Dames de Bruxelles* (E. R. 353) - *Chansons badines*. de Collé (354). Deux pièces sur japon, la 2ᵉ signée.

190. Frontispices pour *La Messe de Gnide* (419) - La Sphère de la Lune (427). Deux pièces sur japon, *signées*.

191. Frontispice pour *L'Amante du Christ*, par Darzens (639) - Les Sonnets du Docteur - Lettrine, etc. Cinq pièces. Belles épreuves.

192. Ecchymoses - Ma Tante Johanna - L'Amante du Christ, frontispice - Le Sphynx, reproduction. Cinq pièces. Belles épreuves.

ROUSSEAU (Th.)

193. Chênes de Roche (H. B. 4). Très belle épreuve du 2ᵉ état.

ROY (P. M.)

194. Troyes pittoresque, dix eaux-fortes, 2ᵉ série. Suite complète sous couverture illustrée.

STEIN (Marie)

195. Portraits. Cinq eaux-fortes et pointes sèches. Très belles épreuves. *signées*.

196. Portraits. Cinq eaux-fortes et pointes sèches. *signées*.

VEBER (Jean)

197. Thaïs. Très belle épreuve, *imp. en couleurs*, avec *fond or*. *signée*.

198. Thaïs. couverture. Très belle épreuve. *imp. en couleurs*, avec *fond or*. *signée*.

WHISTLER (J. Mac-Neill)

199. Etude de Femme drapée. Lithographie. Belle épreuve.

WILLETTE (A.)

200. La Vache enragée, épreuve *signée* - Adresse de Kleinmann - Le Paradis Perdu, etc. Quatre pièces.

DESSINS

BERGERAT (Emile)

201. En pleine Mer. Aquarelle. *signée*.

DIVERS

202. La Mère Mireu — Couverture du *Jugend* — Etudes — A la Roche-Guyon. Six dessins. par P. Merwart. Tanoux. Véron, Pepino.

HERVIER (Adolphe)

203. Barque de pêche. à Dieppe. 1854. A la plume. *signé*.

JACQUE (Charles)

204. Chien couché. Au crayon noir. *Signé*.

205. Etude de Femme nue. Au crayon noir.

206. La Gardeuse de porcs. A la mine de plomb. *Signé*.

207. La Gardeuse de moutons. A la plume. *Signé*.

208. Etude de jeune Paysan — Paysanne — Une Ferme — Poules. Quatre croquis. trois *signés*.

MILLET (J.-Baptiste)

209. La Prairie. Au crayon noir. *Signé*.

VIERGE

210. Judith. Dessin rehaussé d'aquarelle. *Signé*.

IMPRIMERIE

FRAZIER-SOYE

153, rue Montmartre

PARIS

4

— 30
— 27
— 40
— 61

— 39
—
— 15
— 25
— 50
— 11
— 21
—
— 5
— 6
— 9
— 21
— 4
— 2
— 20
— 20
— 18
2h — 36
— 20
— 15
— 9
— 30
2f — 27
— 16
2f — 27
— 22
— 29
— 15

88